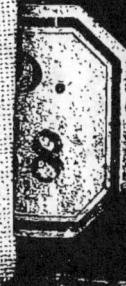

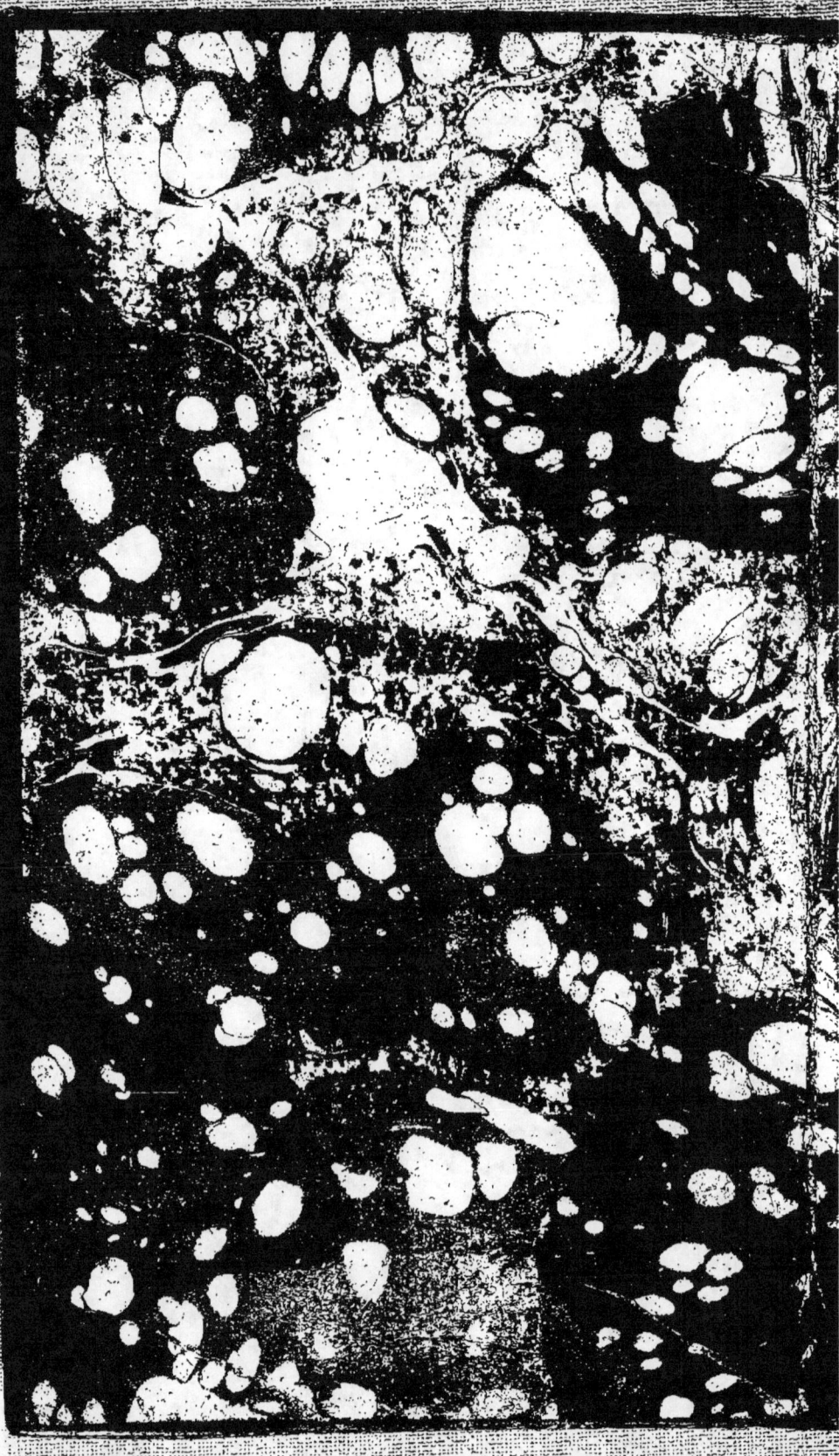

Cette pièce est
atribuée a le Grand.
elle n'est point
dans Beauchamps

LA CHÛTE

DE

PHAËTON:

COMEDIE.

A LYON,

Chez { THOMAS AMAULRY.
HILAIRE BARITEL.
JACQUES GUERRIER.

M. DC. XCIV.

AVEC PERMISSION.

ACTEURS.

ANGELIQUE.
ALUCINDE *Cousine d'Angelique.*
LIZETTE *suivante d'Angelique.*
LYCIDAS *poëte Amant d'Angelique.*
MAL-NOMME' *Acteur de l'Opera.*
DU BEL AIR *danseur de l'Opera.*
DE VILLE-DIEU *Comedien.*

*La Scene est à la Maison de Campagne d'An-
gelique proche de Lyon.*

LA CHÛTE

DE

PHAËTON.

COMEDIE.

ACTE I.

SCENE PREMIERE.

ANGELIQUE LUCINDE,

ANGELIQUE.

Voüez ma Cousine, que c'est
un agreable séjour à present que
la campagne & que l'on se sent admirablement renaître à la vûë de cette
verdure.

A

LUCINDE.

Vous avez raison , ma Cousine , &
je vous assure que depuis le retour des
beaux jours la ville commençoit un
peu à m'ennuyer.

ANGELIQUE.

Je n'en suis pas étonnée vous n'y
trouviez plus rien qui pût vous faire
plaisir. La guerre vous avoit enlevé
vôtre Amant , & depuis que les Offi-
ciers . . . .

LUCINDE.

Je vous voy venir , ma Cousine ,
vous ne demandez pas mieux que de
trouver à vous divertir à mes dépens ;
mais sçachez que tout le monde ap-
prouvera mon choix , & qu'il y a bien
de la difference entre ce jeune Officier
dont vous voulez parler , & ce certain
bel esprit dont je vous voy entestée
depuis quelque temps.

ANGELIQUE.

Ah ! ma chere , n'offensez pas Monsieur Lycidas , je vous conjure , j'ay
une estime pour luy toute particuliere.
Ses manieres de Cour qu'il affecte en
parlant m'ont gagné l'ame , je suis

charmée des expreffions dont il fe fert
pour appuyer ce qu'il veut dire. Et fur
tout il me divertit quand je l'entends
repeter cinq où fix fois un mot qu'il
croit avoir placé bien à propos.

LUCINDE.

Tout cela va le mieux du monde,
mais pour moy je t'avolieray franchement qu'il m'ennuye quelquefois, je
n'aime point à l'entendre à tout moment reciter des Vers, il prend de cer-
tains tons qui me perçent les oreilles,
fur le moindre fujet dont il entend parler il nous cite auffi-tôt des paffages
Latins où François. Enfin fi tous les
Auteurs luy reffembloient, je plain-
drois beaucoup ceux qui auroient le
bonheur de les connoître.

ANGÉLIQUE.

Ma-foy, ma Coufine, c'eft que tu
n'entre pas dans ce goût-là ; pour moy
qui aime les beaux efprits, je paffe d'a-
gréables momens avec luy, je te croy
trop de bons fens pour t'imaginer qu'il
m'aye touché le cœur.

LUCINDE.

Pour te faire plaifir, je veux croire

que tu ne le voy que pour te divertir
de luy , mais cependant je fçay qu'il
t'aime & tu pourrois bien par recon-
noiſſance . . . .

ANGELIQUE.

Non , mon enfant, je ne ſuis pas ſi
tendre à la tentation , je t'en réponds
ſon amour ne contribuë pas peu à me
réjoüir quelquefois. Il me vient lire
tous les Ouvrages qu'il fait , & entre
nous je croy que les continuels applau-
diſſemens que je luy donne ont fait
naître en luy cet amour violent qu'il a
pour moy.

LUCINDE.

Je m'étonne qu'il ait pû conſentir
à te laiſſer ſortir de Lyon , il ne trou-
vera plus perſonne qui ait pour luy la
même complaiſance.

ANGELIQUE.

Il n'y demeurera pas long-tems aprés
mon depart , je t'aſſure & nous l'aurons bien-tôt icy.

LUCINDE.

Ah ! ma Couſine , eſt-il poſſible que
cet homme-là nous ſuivra par tout ,
pour moy je t'avoüeray franchement
que je ne le ſçaurois ſouffrir.

ANGELIQUE.

En verité, ma Cousine, je ne sçay
pas d'où vient t'on aversion pour luy,
car pour moy jusqu'icy j'ay remarqué
qu'il sçavoit fort bien vivre, & qu'il
avoit infiniment d'esprit.

LUCINDE.

Tu prends fortement son party, je
n'ay plus rien à dire, tu as beaucoup
d'esprit, & dans le monde chacun cherche son semblable.

ANGELIQUE.

Ne raillés point, ma Cousine, je
sçay que j'en ay fort peu, mais je t'a-
voüe mon foible j'ay une estime toute
particuliere pour les gens qui compo-
sent.

LUCINDE.

Je suis de t'on sentiment, on
doit les estimer, mais il faut qu'ils
soient connus pour bons Auteurs, &
jusqu'ici les Ouvrages de Mr Lycidas
n'ont pas fait beaucoup de bruit. Mais
voici Lisette qui revient de la ville,
elle pourra nous apprendre quelque
nouvelle.

✦✦✦✦✦✦✦✦✦✦✦✦✦✦✦✦✦✦✦✦✦✦✦✦✦✦✦✦

SCENE II.

ANGELIQUE, LUCINDE, LIZETTE.

ANGELIQUE.

HE' bien Lisette que dit-on à Lyon, s'y divertit-on bien.

LIZETTE.

Vraiment, Madame, il y a bien du changement dans les plaisirs depuis que vous en estes sorti.

LUCINDE.

Comment donc ?

LIZETTE.

L'Opera est entierement tombé, & l'on croit qu'il aura bien de la peine à se rétablir.

LUCINDE.

Le malheur n'est pas grand, & je ne voy que les Comediens qui gagneront à ce marché-là.

ANGELIQUE.

Ah ! ma chere, la belle matiere pour exercer la veine de Mr Lycidas, je sçay qu'il eſt Ami des Comediens, & ſur ma parole il ne laiſſera pas échaper une ſi belle occaſion de leur témoigner ſon zele.

LIZETTE.

Madame, je l'ai veû ce matin avant que de ſortir de Lyon, il m'a dit qu'il me ſuivroit de prés avec quelques-uns de ſes Amis, & qu'il vous avoit preparé un divertiſſement dont vous ſeriez charmée.

ANGELIQUE.

Ah, ſans doute la chûte de l'Opera en ſera le ſujet. Je connois ſon genie, & je ſçai qu'il eſt un peu Satirique.

LIZETTE.

Ma-foi, Madame, je croi que vous dévinez juſte, car ſelon ce qu'il m'a dit je parierois que vous avez raiſon, il m'a prié de vous avertir par avance que le ſujet du divertiſſement qu'il vous avoit preparé étoit des plus nouveaux.

ANGELIQUE.

C'eſt cela ma chere, il n'en faut point douter, ah que nous allons nous divertir, je voudrois déja qu'il fut icy.

LUCINDE.

Tes vœux font exaucez , & le voicy tout à propos.

LIZETTE.

Il avoit bien raifon de dire qu'il me fuivroit de prés. & l'on ne fçauroit être plus ponctuel.

✝✝✝✝✝✝✝✝✝✝✝✝✝✝✝✝✝✝✝✝✝✝✝✝✝✝✝

SCENE III.

ANGELIQUE , LUCINDE , LYCIDAS , LIZETTE fort.

ANGELIQUE.

ET bon jour Mr Lycidas, que je fuis ravie de vous voir.

LYCIDAS.

En verité , Madame , le chemin ne m'a jamais parû fi long , & l'entrée de vôtre charmante demeure me fembloit inacceffible.

LUCINDE.

Cela n'eft pas étonnant , & tous les Amans en difent de même.

LYCIDAS.

Oh pour moy , Madame , je fuis un

Amant sincere, & qui fait gloire en tous lieux, & qui fait gloire en tous lieux de porter ses chaînes.

LUCINDE.

Mr Lycidas est tout à fait galant.

ANGELIQUE.

Ne t'ay-je pas dit, ma chere, que c'est un des plus beaux esprits de nôtre siecle.

LYCIDAS.

Ah, Madame, vous excellez admirablement bien dans la fine plaisanterie, dans la fine plaisanterie. Mais en verité je suis plus fortuné que je ne pensois. Car je croyois vous trouver seule dans cette retraite delicieuse, & vous avez ici avec vous vôtre charmante Cousine qu'on peut dire avoir été formée par les graces, oüy formée par les graces.

LUCINDE.

Epargnez-moy, je vous prie, Mr Lycidas je ne merite pas toutes ces douceurs.

LYCIDAS.

Bon-dieu l'agreable séjour, que cette verdure est enchantée. En verité, Ma-

dame, je m'imagine être dans le sacré
valon, dans le sacré valon.

ANGELIQUE.

On dit, Mr Lycidas que vous avez
fait quelque chose de nouveau, voulez vous bien nous en faire part.

LYCIDAS.

Avec plaisir, Madame, & c'est ce
qui m'a fait voler auprés de vous avec
tant de précipitation. Lisette vous a
dit sans doute que l'Opera étoit tombé. C'est ce qui m'a fourni une idée
sur la chûte téméraire de Phaëton.

ANGELIQUE.

Eh ? que vous ay-je dit ma Cousine ?

LUCINDE.

Tu devines fort juste.

LYCIDAS.

Enfin j'ay fait un petit divertissement que je veux faire ici representer
devant vous, il faut, Madame, que les
jeux & les plaisirs vous suivent par
tout à la piste. Oüy, Madame, à la
piste.

ANGELIQUE.

Mais vraiment Mr Lycidas, cela est
trop galant, & comment pourrez-vous
faire

faire s'il vous plaît pour nous representer ce divertissement je vous voy
tout seul. Il faudra donc que nous y
fassions chacune nôtre rôlle.

LYCIDAS.

Non pas, Madame, non pas, je n'ay
garde de vouloir ainsi vous commettre,
ce seroit prophaner & fouler au pied
les chefs d'œuvre de la nature.

ANGELIQUE.

Ah les belles expressions ! j'en suis
charmée.

LYCIDAS.

J'ay prié quelqu'uns des Comediens
qui sont assez de mes amis de vouloir
bien contribuer à vos plaisirs dans ce
séjour enchanté.

LUCINDE.

Vous connoissez donc les Comediens, Mr Lycidas.

LYCIDAS.

Tres-fort, Madame, je suis tous les
jours sur leur theâtre, ou l'on me voit
approuver où critiquer les bons &
mauvais endroits de leurs pieces; je
puis dire, sans vanité qu'ils m'appre-
hendent comme le feu. Ils sçavent.

B

Madame que je fuis un cenfeur fevere,
un fevere cenfeur.

LUCINDE.

Ils vous ont beaucoup d'obligation.

LYCIDAS.

Nous aurons ici une bonne partie
de leur troupe dans un moment. Je les
ay amené avec moy, & je les ay laiffé
à un quart de lieuë d'ici, pour moi
j'ay pris les devans avec un des premiers Acteurs de l'Opera, lequel
voïant que Phaëton auroit peine à fe
relever de fa chûte a trouvé chez les
Comediens un fûr azile, un azile af-
furé, c'eft-à-dire, Madame qu'il a pris
le parti de la Comedie.

ANGELIQUE.

Il chante fort bien, je le connois
faite le entrer, & cela nous fera plaifir.

LYCIDAS.

Je le veux bien, Madame, vos ordres
font tous adorables, & ce font des ar-
refts du deftin.

ANGELIQUE.

Ah que ce Mr Lycidas a d'efprit.

LYCIDAS.

Entrez, Monfieur Malnommé, en-

trez ces Dames sont prevenuës en fa-
veur de vostre merite & vous pouvez
avancer librement.

✛✛✛✛✛✛✛✛✛✛✛✛✛✛✛✛✛✛✛✛✛✛✛✛✛

SCENE IV.

ANGELIQUE, LUCINDE, LYCIDAS, MALNOMMÉ.

ANGELIQUE.

JE suis fâchée Mr que l'on vous ait
fait attendre si long-temps, & j'ay
fort grondé Mr Lycidas de ne vous
avoir pas fait entrer avec luy.

MALNOMMÉ.

L'attente est agreable, Madame,
quand elle est recompensée par la vûe
d'une si charmante personne, & je suis
sensiblement obligé à Mr Lycidas de
m'avoir procuré l'honneur de vostre
connoissance.

ANGELIQUE.

C'est nous, Mr qui devons le remer-
cier de vous avoir amené dans nostre
petite campagne : mais il me semble,
si je ne me trompe que voilà déja un

B 2

des Acteurs de la Comedie.

LYCIDAS.

Et vrayment, Madame c'eſt Mr de
Villedieu eſt-ce que vous ne le con-
noiſſez pas ; c'eſt mon ami intime,
approchez Mr de Villedieu , approchez.

✿✿✿✿✿✿✿✿✿✿✿✿✿✿✿✿✿✿✿✿✿✿✿

SCENE V.

ANGELIQUE, LUCINDE, LYCIDAS MAL-NOMMÉ de VILLE-DIEU.

DE VILLE-DIEU.

JE ne ſçai ce que vous direz mes Dames de la liberté que je prends de venir vous troubler dans un lieu qui ſem-
ble n'eſtre deſtiné que pour les plaiſirs,
mais la faute en doit être imputée à Mr
Lycidas, c'eſt luy qui s'eſt voulu char-
ger de me preſenter à vous , ſans cela
je n'aurois jamais oſé .....

ANGELIQUE.

Vous n'aviez pas beſoin de cela,
Mr, & une perſonne de vôtre merite ſe
produit aiſément par tout.

DE VILLE-DIEU.

Vous êtes bien obligeante, Madame,

LYCIDAS.

La troupe est-elle arrivée Mr de Villedieu.

DE VILLE-DIEU.

Oüy, Monsieur, elle est dans la chambre de Madame, & moy sur vôtre parole j'ay pris la liberté d'entrer jusqu'ici.

LYCIDAS.

Nous allons vous donner, Madame, un petit Opera en Comedie dont j'espere que vous serez contente.

DE VILLE-DIEU.

Vous avez raison, mais il y a un certain danseur qui nous a joint en chemin & qui cherche par tout Monsieur, pour le faire rentrer à l'Opera disant qu'il va se rétablir, je crains bien qu'il ne vienne ici troubler nôtre divertissement.

MAL-NOMMÉ.

Quel homme est-ce ?

DE VILLE-DIEU.

C'est Mr du bel air ce fameux danseur de l'Opera, il paroît être bien irrité contre vous. B 3

MAL-NOMME.

Je m'en soucie fort peu.

LYCIDAS

Oseroit-il venir jusqu'ici.

DE VILLE-DIEU.

Luy, bon est-ce que vous ne le connoissez pas ; il s'imagine que l'entrée
luy est deuë par tout & qu'on est encore trop heureux de le recevoir. Mais
tenez le voicy déja.

✚✚✚✚✚✚✚✚✚✚✚✚✚✚✚✚✚✚✚✚✚✚✚✚

SCENE VI.

ANGELIQUE, LUCINDE, LYCIDAS MAL-NOMME, DU BEL-AIR, de VILLE-DIEU.

DU BEL-AIR.

COmment donc Mr Mal-nommé,
vous vous faites bien chercher,
est-ce que vous ne sçavez pas que l'O-
pera doit rejoüer aujourd'huy.

MALNOMME.

Ma-foy, Mr du Bel-Air, qu'il rejoüe
ou non, il ne m'importe guere.

DU BEL-AIR.

J'ai bien voulu prendre la peine moi-même de vous en avertir.

MAL-NOMME'.

Je vous suis obligé, mais je vous donne avis que je ne chante de mes jours à l'Opera.

DU BEL-AIR.

Et la raison.

MAL-NOMME'.

La raison est que j'ay besoin d'argent & que l'Opera n'en a point à me donner.

DU BEL-AIR.

J'y danse bien moi, & je croi que je suis pour le moins aussi grand Seigneur que vous.

MAL-NOMME'.

Oh la peste, Mr du Bel-Air, vous avez ici des bonnes fortunes qui ne vous laissent manquer de rien.

DU BEL-AIR.

Ah pour cela, vous avez raison, & je serois bien mal-heureux si je n'avois pour faire figure que les revenus de l'Opera. On sçait que je suis aimé du beau Sexe... je ne le dirois pas au moins si toute la ville ne le sçavoit.

LUCINDE.

Vous estes discret, Monsieur, à ce
que je voy.

DU BEL-AIR.

A la verité, Madame, j'ay la dis-
cretion en partage. Je vous vais conter
deux avantures de fraische datte dont
je ne me suis jamais vanté.

ANGELIQUE.

Il n'en n'est pas besoin & nous vous
croyons de reste.

DU BEL-AIR.

Et bien Mr Malnommé il n'y a donc
rien à faire.

MAL-NOMME'.

N'est-ce pas assez dit, Mr du Bel-
air j'ay quitté l'Opera, & je suis à
present Comedien.

LYCIDAS.

Comment c'est un rapt, & un vol
que la Comedie a fait à l'Opera.

DU BEL-AIR.

Si les Comediens avoient pris certain homme de parmy le monde sans
vanité le volauroit esté plus grand.

ANGELIQUE.

J'admire Mr du Bel-Air non seule-
ment il est discret mais il est encore
modeste.

DU BEL-AIR.

Ce sont des qualitez, Madame atta-
chées à nostre profession que la discre-
tion & la modestie.

LYCIDAS.

Et bien Mesdames estes-vous dispo-
sées à profiter de nostre petit divertissement. Si vous vous amusez à écouter
Mr du Bel-Air sur ses perfections il ne
finira d'aujourd'huy son Panegyrique.

DU BELAIR.

Sçavez-vous, mon petit Poëte, que
je vous apprendray à parler.

LYCIDAS.

Sçavez-vous, mon petit baladin,
que je suis homme à vous donner sur
les oreilles.

DU BEL-AIR.

Comment donc sur les oreilles?

MALNOMMÉ.

Hé Mr du Bel-Air vous qui sçavez
si bien vivre, vous oubliez devant qui
vous estes.

DU BEL-AIR.

Morbleu, Mr, mélez-vous de vos affaires.

ANGELIQUE.

En verité, Mr du Bel-Air, je ne sçay à quoy vous songez de venir faire insulte aux personnes qui sont chez moy.

DU BEL-AIR.

Je confesse que j'ay tort, Madame, adieu mes petits Messieurs nous nous verrons autre part.

✚✚✚✚✚✚✚✚✚✚✚✚✚✚✚✚✚✚✚✚✚✚✚✚✚

SCENE VII.

ANGELIQUE, LUCINDE, LYCIDAS, MAL-NOMMÉ de VILLE-DIEU.

ANGELIQUE.

JE crains qu'il n'arrive quelque malheur de tout cecy.

DE VILLE-DIEU.

Eh ! Madame, ne craignez rien, les querelles qui se font ordinairement entre les Poëtes, les Danseurs & les Musiciens ne sont pas fort dangereuses.

ANGELIQUE.

Ne parlons plus de cela, allons Mr Lycidas fongeons à nous divertir je meurs d'envie de voir voftre petit Opera.

LYCIDAS.

Volontiers, Madame, nous allons répondre à vos fouhaits, pour vous, Monfieur, allez preparer la Mufique pendant que j'expliqueray à ces Dames le fujet de ma piece.

✝✝✝✝✝✝✝✝✝✝✝✝✝✝✝✝✝✝✝✝✝✝✝✝✝

SCENE VIII.

ANGELIQUE, LUCINDE, LYCIDAS, de VILLEDIEU.

LYCIDAS.

JE vous diray, premierement, mes Dames, que j'ai fait un affemblage un affemblage des endroits les plus brillans de l'Opera de Phaëton où fans alterer la Mufique j'ay feulement changé les paroles & de ferieufes qu'elles étoient je les ay rendus Comiques.

ANGELIQUE.
Cela doit estre fort divertissant.

LYCIDAS.

Voici le sujet. Vous sçavez, mes Dames, que dans l'Opera, Phaëton & Epaphus sont rivaux, que l'on prédit à Phaëton qu'il tombera dans son entreprise temeraire, & que malgré cette prédiction il veut s'élever pour braver Epaphus son Rival. Vous sçavez aussi que peu de temps aprés qu'Epaphus a esté au desespoir du triomphe de Phaëton Rival, il goute le plaisir de le voir trébucher.

J'ay formé mon sujet là-dessus. Dans ma Piece c'est un Musicien de l'Opera qui fait le personnage de Phaëton & un Comedien celuy d'Epaphus. Ils aiment tous deux la Fille d'un homme qui est entesté également de la Comedie & de l'Opera. Le Musicien voyant qu'on prefere le Comedien à luy à cause de la déroute de l'Opera, tâche de trouver de l'argent pour le rétablir. Il rencontre un homme assez bon pour luy en prester malgré la prédiction qu'on luy fait que l'Opera ne sçauroit

se

se soûtenir. Enfin l'ayant remis sur pied il brave à son tour le Comedien qui se trouve accablé de chagrin de voir triompher son Rival. Mais il a bien-tôt lieu de se consoler, à peine l'Opera se voit relevé que la quantité de creanciers qui l'accable est un coup de foudre qui le fait retomber.

ANGELIQUE.

Ah ma Chere que nous allons avoir de plaisir & que je me prépare à me bien divertir.

LUCINDE.

Je voudrois, de tout mon cœur, que l'on eust déja commencé.

LYCIDAS.

Vous n'attendrez pas long-temps & je vais tout mettre en estat ; pendant que j'auray le soin de conduire nostre petit Opera. Mr de Ville-Dieu qui me l'a vû composer vous en fera remarquer les beaux endroits. Quoy que d'eux-méme ils brillent assez.

DE VILLE-DIEU.

Allez tout disposer, je me charge de ce soin avec plaisir. Mesdames prenons des Sieges , & que les Violons que

C

nous avons amené avec nous commencent l'Ouverture.

LA CHÛTE

DE

PHAËTON.

*Comedie en Musique : Ornée de danse
& de Machines.*

ACTEURS.

Monsieur HARPIN, *homme entesté de la
Comedie & de l'Opera.*

CLIMENE *femme de Mr Harpin.*

ANGELIQUE *fille de Mr Harpin.*

UN MUSICIEN *amoureux d'Angelique.*

UN COMEDIEN *amant d'Angelique.*

ISABELLE *amoureuse du Musicien.*

UN DEVIN.

UN BOURGEOIS.

UN ACTEUR *des Cœurs de l'Opera.*

UN SERGENT.

*Troupe de Musiciens & de Musiciennes des Cœurs
de l'Opera.*

Troupe de Creanciers.

C 2

✦✦✦✦✦✦✦✦✦✦✦✦✦✦✦✦✦✦✦✦✦✦✦✦✦✦

SCENE PREMIERE.

Aprés qu'on a joué l'Ouverture , le Bourgeois & le Musicien commencent la Piece.

LE BOURGEOIS *chante.*

Vous paroiffez chagrin Monfieur,
　　ne puis-je apprendre
D'où vient le trouble où je vous
　　voy.

LE MUSICIEN.

Monfieur Harpin fait choix d'un Gen-
　　dre,
Et l'on dit que fa fille un jour aura
　　dequoy.
Un des Comediens , à cet honneur
　　afpire,
Déja depuis long-temps pour elle je
　　foupire.
Mais comme le bon homme voy
Que l'Opera n'eft plus il ne veut plus
　　de moy ;

Si quelqu'un étoit charitable.....

LE BOURGEOIS.

Trouvez-moy caution solvable
Je préteray dequoy rétablir l'Opera.

LE MUSICIEN.

Fort à propos je vois un Devin admi-
rable
Qui de son sort vous répondra.

++++++++++++++++++++++++++

SCENE II.

LE DEVIN, LE BOURGEOIS,
LE MUSICIEN.

LE BOURGEOIS.

OH vous qui penetrés le plus pro-
fond mistere,
Pour avoir de l'argent l'Opera presse
fort,
De grace aprenez nous quel peut estre
son sort.

LE DEVIN.

Puifque vous le voulez il faut ne vous
   rien taire.
Le fort de l'Opera fe découvre à mes
   yeux,
     Dieux je frémis ! Que vois-je ! ô
     Dieux.
Partez pauvres Acteurs vous ne fçau-
   riez mieux faire ;
Auffi-bien pauvres gens vous ne ga-
   gnez gueres.
Miferable Opera tu vas finir ton cours,
     En vain l'entrepreneur efpere
Te loüant fes habits, retirer fon falaire ;
  Tu ne peux pas te foûtenir huit jours,
  Tu vas tomber n'attens plus de fe-
   cours.
    Tu vas rentrer dans la mifere
Partez pauvres Acteurs vous ne fçau-
   riez mieux faire.

✚✚✚✚✚✚✚✚✚✚✚✚✚✚✚✚✚✚✚✚✚✚✚✚✚✚✚✚✚

SCENE III.

LE BOURGEOIS, LE MUSICIEN, une MUSICIENNE.

LE MUSICIEN.

Quel Oracle !

UNE MUSICIENNE.

Quelles terreurs.

LE MUSICIEN, & la MUSICIENNE ensemble.

Ah ! que ferons Messieurs des cœurs!

LE BOURGEOIS.

Ah l'on m'en a trop dit je fremis du danger
Que vient de m'annoncer cet homme.

LE MUSICIEN.

Par devant un Notaire on va tous s'engager,
A rendre dans trois mois l'intereſt & la ſomme.

LE BOURGEOIS.

Je vois que j'ay trop entrepris.

LE MUSICIEN.

Rétablir l'Opera n'eſt donc plus voſtre envie.

LE BOURGEOIS.

Quoy que ce ſoit une folie.
Allons je vais prêter l'argent que j'ay promis.

+++++++++++++++++++++++++++++

SCENE IV.

LE MUSICIEN , ISABELE.

ISABELE.

AH Scelerat est-il possible
Que vous soyez sensible
Pour un autre que moy ?
Ah Scelerat est-il possible
Que vous m'ayez manqué de foy ?

LE MUSICIEN.

Pour n'estre point Mary les destins
m'ont fait naistre
En femmes je sçay me connoître,
Je crains tout de vostre vertu.
Si je voulois estre cocu,
Ce seroit avec vous que je le voudrois
estre.

ISABELE.

Témoin de ma constance
Et de son changement
Ciel ? qui vois la cruelle offense

Que m'a fait ce perfide Amant.

 O Ciel ! j'implore ta vengeance,

Qu'il devienne cocu quand il se ma-
riera,

Qu'il épouse une femme infidelle &
 volage,

 Et qu'aussi-bien qu'à l'Opera,

Tout aille de travers dans son maudit
ménage.

  Que dis-je ! mal-heureuse ! helas !

 Ce coquin-là m'est cher encore,

 Quoy qu'il méprise mes appas.

 Justice ! du Ciel que j'implore

 Dieux vangeurs ne m'exaucez pas,

 Vous voyez ma foiblesse extrême,

Ingrat preferez-moy; si le sort à voulu

 Que vous soyez fait cocu,

Que ce ne soit que par moy-même.

✚✚✚✚✚✚✚✚✚✚✚✚✚✚✚✚✚✚✚✚✚✚✚✚✚

SCENE V.

LE MUSICIEN, LE COMEDIEN.

LE COMEDIEN.

Pourquoy luy montrer tant d'in-
    difference
Autre part n'esperant plus rien.

LE MUSICIEN.

J'ay bien plus que vous d'esperance
Je suis Musicien, & vous Comedien,
Mon pere & son chant agreable
Enchante un chacun dans ces lieux,
Tout s'anime par luy, sans luy rien
    n'est aimable.
Sans sa douce armonie un chagrin ef-
    froyable
    Nous rendroit le temps ennuyeux
    Non, non, rien n'est comparable
    Au destin glorieux

    D'un Musicien fameux.

LE COMEDIEN.

Mon Pere & son recit aimable
Sçait charmer l'oreille & les yeux
Il peut quand il luy plaît par sa mine
impayable
Réjoüir les plus serieux
Non, non, rien n'est comparable
Au destin glorieux

D'un Comedien fameux.

LE MUSICIEN, *& le* COMEDIEN
ensemble.

Non, non, rien n'est comparable
Au destin glorieux

D'un { Comedien } fameux.
      { Musicien }

LE COMEDIEN.

Nous joüions tous les jours vous estes
en déroute
Et vostre entrepreneur vous a fait ban-
queroute.

LE

LE MUSICIEN.

Il payoit bien vous le sçavez.

LE COMEDIEN.

Oüy c'est luy qui le dit est-ce assez
pour le croire.

LE MUSICIEN.

Osez-vous attaquer sa gloire.

LE COMEDIEN.

Deffendez-là si vous pouvez.

LE MUSICIEN *montrant l'argent qu'on luy a prêté.*

Si l'on a fermé nostre porte
Nous serons bien-tost rétablis
J'espere avec l'argent qu'exprés sur moy
   j'aporte
Que nostre entrepreneur nous rendra
   ses habits.

D

++++++++++++++++++++++++++++++++

SCENE VI.

LE COMEDIEN *seul, au desespoir.*

Dieux à present que vais-je faire
En qui faut-il desormais que j'es
   pere,
Qui diable se seroit imaginé cela
   Qu'on eut rétabli l'Opera
   La Comedie est en misere,
   On l'a méprise on le revere
Trois jours de la semaine il represen-
   tera
Dans le temps qu'on le croit à terre
   Il obtient ce qui m'a sçû plaire
Il trouve de l'argent qui le relevera.
   Dieux à present que vais-je faire
En qui faut-il desormais que j'espere,
Qui diable se seroit imaginé cela
   Qu'on eut rétabli l'Opera.

\+

SCENE VII.

LE COMEDIEN, ANGELIQUE
ensemble.

HElas ! une chûte si belle
Devoit estre éternelle.
Helas ! l'Opera pour toûjours
Devoit finir son cours.

\+

SCENE VIII.

Tout les Acteurs de l'Opera.

L'Acteur qui joüoit les premiers rôles
à l'Opera en étant sorty ; un autre prend
sa place, & dans le temps qu'il entre.

Mr HARPIN & CLIMENE, *chantent.*

QUe la piece doit-être Drosle,
C'est un Acteur nouveau
Qui va joüer le premier Rosle.

D 2

C'est un Acteur nouveau ,
Cela doit-être beau.

COEUR *des gens de l'Opera.*

Que la piece doit-être Drofle ,
C'est un Acteur nouveau
Qui va joüer le premier Rôfle.
C'est un Acteur nouveau
Cela doit-être beau.

Mr HARPIN & CLIMENE, *ensemble.*

L'Opera feroit au tombeau
Sans l'emprunt de quelque piftole ,
C'est un Acteur nouveau
Qui va joüer le premier rofle ,
C'est un Acteur nouveau
Cela doit-être beau.

LE COEUR *repete.*

Que la piece doit-être drofle , &c.

Ensuite plusieurs Acteurs de l'Opera se rejouissent par des danses, de voir l'Opera se relever de sa chûte.

UNE ACTRICE *de l'Opera.*

Changez ces doux concerts en des
   plaintes funestes,
L'instant fatal arrive il vous faut être
   prestes.
A prendre désormais chacun vôtre
   party,
L'Opera va tomber on vous en averty.
Un Acteur en assure & même qu'à la
   porte
Un tas de Creanciers demande de
   l'argent !
Helas que ferons nous nôtre dessein
   avorte
On remet le scellé dés ce même moment.

AUTRE ACTRICE.

Depuis long-temps on trâme
Ce dessein plein d'horreurs.

D 5

UNE ACTRICE.

Que la crainte trouble mon ame,
Opera tes Acteurs
Vont estre accablez de malheurs.

COEUR *des gens de l'Opera.*

Dieux personne ne veut attendre,
Dieux tous les habits se vont vendre,
Les Creanciers sont en ces lieux,
Que ferons nous ô justes dieux.

UN ACTEUR *des cœurs.*

C'est vostre secours que j'implore
Opera payez-moy car la faim me de-
vore
Depuis trois mois entiers je n'ay receu
d'argent
Ah s'il faut manque de payement
A la fin estre à la misere
Danseurs Musiciens helas ! qu'allons-
nous faire
L'entrepreneur à tiré tout
Et de vers luy toûjours à gardé le bon
bout

Il faut pourtant payer il n'eſt plus
  temps d'attendre,
    Tous les Acteurs à qui tu dois
S'en vont dans ta maiſon tout ſaiſir &
  tout prendre
Si tu ne veux payer dés à preſent leur
  mois
Sur tout Meſſieurs des cœurs ſe trou-
  vent aux abois , abois
  Et ſont tous prêts à s'aller pendre......
    Ah je ſens ſuffoquer ma voix
      Et tout cecy me chagrine
      Parmy tant de creanciers
      Je voy que j'ay bien la mine
      D'eſtre payé des derniers.

Cœur de creanciers.

Allons ſans tarder d'avantage
Saiſiſſez tout cet équipage
De l'argent , vîte de l'argent.
Si-non ſans balancer executez Sergent.

L'Opera paroît en deſordre dans un
char en forme de baſſe de viole entourée
d'inſtrumens & tiré par quatre Aſnes.

LE SERGENT.

Au bien des creanciers ta perte eſt ne-
  ceſſaire
  Serts d'exemple aux mauvais payeurs,
Tombe pauvre Opera trébuche teme-
  raire ,
  Va chercher du credit ailleurs.

L'Opera tombe , les Aſnes s'en vont
d'un côté & le Char de l'autre.

DEUX MUSICIENNES *enſemble.*

O ! ſort fatal.

C OE U R *des gens de l'Opera.*

O ! chûte affreuſe
Danſe & Muſique mal-heureuſe.

F I N.

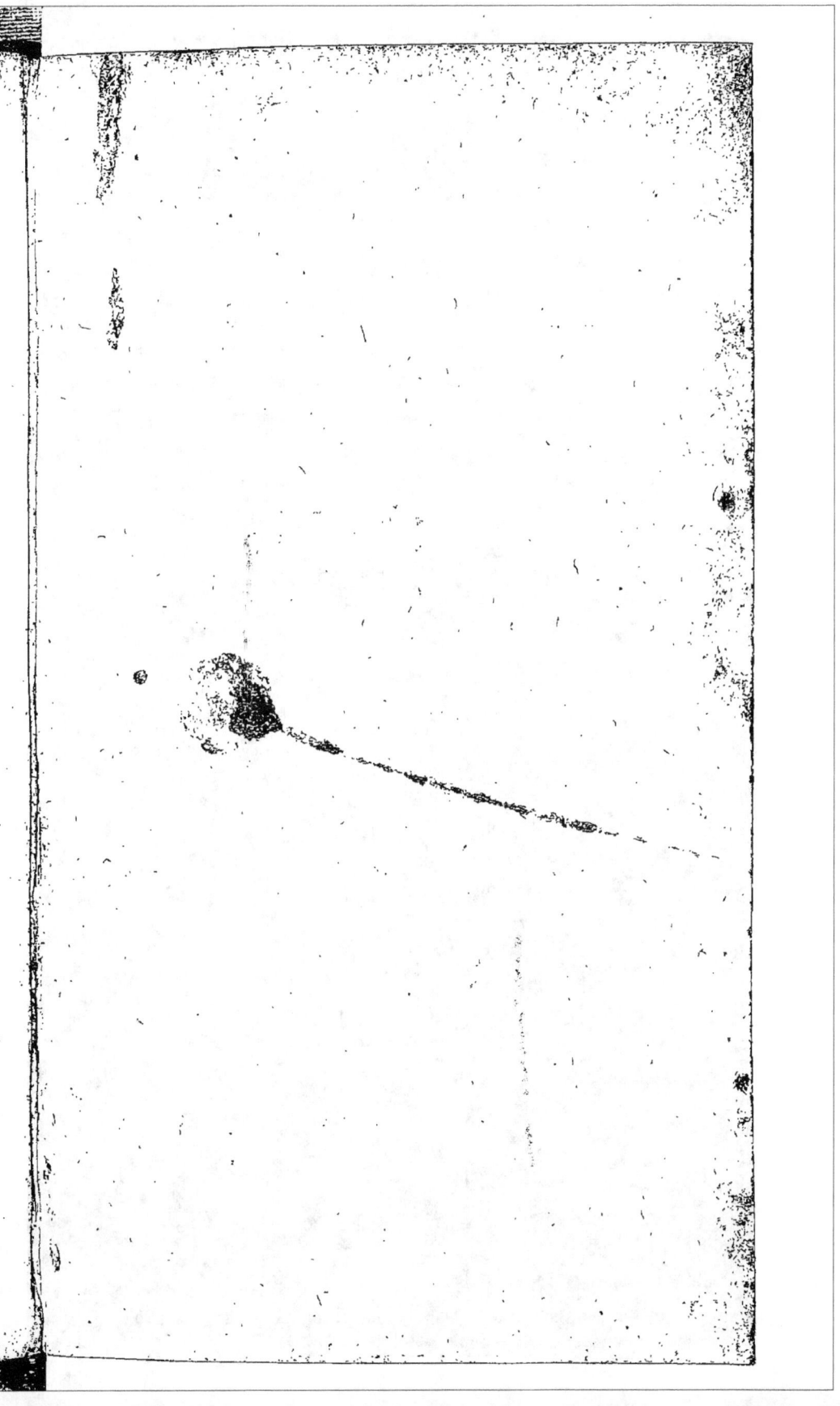

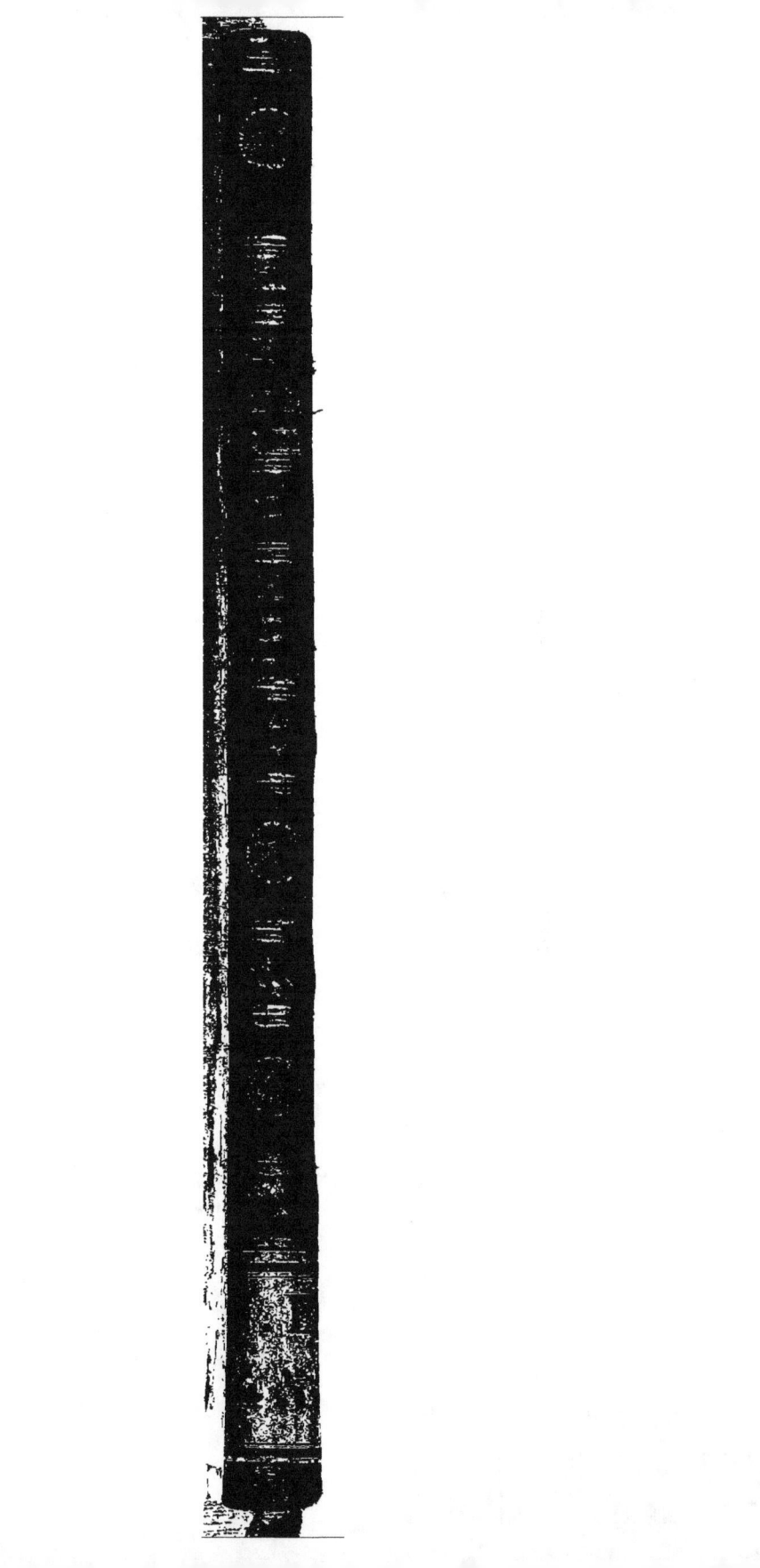